VENTE PAR SUITE DE DISSOLUTION

De la Société COULON ET DEVERDUN

CI-DEVANT 16, RUE DE LA PAIX

BIJOUX

ORNÉS DE

Brillants, Perles et Pierres de couleur

COMMISSAIRE-PRISEUR
Mᵉ ROBERT BIGNON

EXPERT
M. L. AUCOC, O. ✱

CATALOGUE

DES

BIJOUX

ORNÉS DE

Brillants, Perles et Pierres de couleur

BROCHES, BRACELETS, COLLIERS, BAGUES, PENDANTS

ÉPINGLES DE CRAVATE, BOUTONS DE MANCHETTES, CHAINES, SAUTOIRS

MONTRES, COULANTS DE CRAVATE, MÉDAILLES

OBJETS D'ART EN OR CISELÉ ET ÉMAILLÉ, BRILLANTS, ROSES

PERLES ET PIERRES DE COULEUR SUR PAPIER

DONT LA VENTE AURA LIEU

HOTEL DROUOT, SALLE N° 1

LES LUNDI 23, MARDI 24
MERCREDI 25 ET JEUDI 26 MARS 1914

à deux heures

COMMISSAIRE-PRISEUR	EXPERT
Mᵉ ROBERT BIGNON	**M. L. AUCOC**, O. ✳
41, rue de la Victoire	Expert près le Tribunal civil de la Seine
PARIS	14, place Vendôme

EXPOSITIONS

PARTICULIERE : { *Le Samedi 21 Mars 1914* . . . . . . } DE 2 HEURES
PUBLIQUE : { *Le Dimanche 22 Mars 1914* . . . . . } A 6 HEURES

CONDITIONS DE LA VENTE

Elle sera faite au comptant.

Les acquéreurs paieront *dix pour cent* en sus des enchères.

Les poids indiqués au présent Catalogue ne sont fournis qu'à titre d'indication, sans aucune garantie.

Paris. — Imp. de l'Art, Ch. Berger, 41, rue de la Victoire.

ORDRE DES VACATIONS

Lundi 23 Mars 1914

Broches.	5 à	17
Bracelets	49	51
Colliers.	67	69
Pendants	75	80
Bagues	104	110
Bagues	133	135
Diadèmes, Peignes.	145	149
Épingles de cravate	160	162
Chaine sautoir.	163	»
Boutons de manchettes.	139	144
Divers 176, 187	194	197

Mardi 24 Mars 1914

Broches.	18 à	39
Bracelets	60	66
Colliers.	70	74
Pendants	81	86
Bagues	94	103
Diadèmes	150	152
Épingles de cravate	153	156
Chaines sautoirs.	166	169
Divers 188, 193	202	205

Mercredi 25 Mars 1914

Broches.	1 à	4
Broches.	40	48
Bracelets	52	59
Colliers.	74bis	74ter
Pendants	87	90
Bagues	127	132
Bagues	136	138
Épingles de cravate	157	159
Divers 185, 186	189	192
Divers	198	201
Sautoirs.	164	165

Jeudi 26 Mars 1914

Bagues	111 à	126
Pendants	91	93
Chaines sautoirs.	170	171
Montres.	172	»
Porte-Mines	173	174
Divers 175	177	184
Veilleuse hibou	222	»
Brillants, Roses, Perles. Pierres de couleur	206	221

DÉSIGNATION

BROCHES

1 — Broche, ornement xviiie siècle, joaillerie platine (poids des brillants : 1 navette 1 c. 37 ; le surplus, 4 c. 44).

2 — Broche nœud, joaillerie argent (poids des brillants : 11 c. 38).

3 — Broche ronde, 1 perle grise et brillants, joaillerie platine (poids des brillants : 3 c. 75 ; poids de la perle : 28 g.).

4 — Broche pensée, joaillerie or, brillants fantaisie.

5 — Broche rectangle à pans, joaillerie platine : au centre, 1 tourmaline.

6 — Broche nœud, joaillerie platine (poids des brillants : 3 c. 26).

7 — Broche ronde bouton Louis XVI, fond cristal bleu, joaillerie argent (poids des brillants : 2 c. 11).

8 — Broche-barrette, 1 brillant au centre, joaillerie platine (poids du brillant : 2 c. 21).

9 — Broche tourmaline, joaillerie platine, fleurettes en brillants (poids des brillants : 1 c. 34).

10 — Broche marguerite, joaillerie or, brillants de fantaisie (poids des brillants : 7 c. 38).

11 — Broche ronde, rubis et brillants; monture or et platine.

12 — Broche-barrette, 16 perles; monture platine.

13 — Broche lotus et scarabées turquoises, joaillerie argent.

14 — Broche-barrette, joaillerie platine, 17 brillants.

15 — Broche, Béryl rose (11 c. 75), entourage brillants; monture platine (poids des brillants : 1 c. 21).

16 — Broche améthyste or et roses, joaillerie argent.

17 — Broche cœur, joaillerie argent, rubis et brillants (poids des brillants : 2 c. 75).

18 — Broche ovale, opale noire d'Amérique, entourée brillants, joaillerie platine (poids de l'opale : 26 c. 91).

19 — Broche, fleurs, or et roses.

20 — Broche, grains corail, joaillerie platine et or avec ornements brillants et roses.

21 — 2 broches, agate herborisée ; entourage roses.

22 — Broche, 2 amours ciselés or, 1 brillant au centre, et 1 perle en pendant.

23 — Broche, 2 cariatides, or ciselé, 1 brillant au centre (poids du brillant : 1 c. 55).

24 — Broche, amour or ciselé.

25 — Broche fleur de lys, or ciselé, brillant au centre.

26 — Broche amour, or ciselé.

27 — Broche, 2 libellules or, 1 perle.

28 — Broche, émail noir, sur or, 1 brillant au centre.

29 — Broche, médaille Saint-Georges, argent, ornée de 3 brillants.

30 — Broche ovale, sardoine et brillants.

31 — Broche, escargot, or et roses.

32 — 2 broches, émail (de Meyer) et roses.

33 — Broche or indienne, émail or sur fond bleu.

34 — Broche torsade or, perle et brillants.

35 — Broche condor, égyptien scarabée, prime d'opale.

36 — Broche, couronne ovale, perle et corail. — Broche, ronde perle.

37 — 3 broches fleurs, émail noir, sur or, centre roses et brillants.

38 — Broche raquette brillants, rubis, joaillerie or et platine.

39 — 15 broches or, perles et pierres variées.

40 — Broche pensée, joaillerie argent et or, brillants blancs et fantaisie (poids des brillants blancs : 25 c. 65; poids des brillants fantaisie : 15 c. 88).

41 — 4 plaques or, fleurs perce-neige, en roses, joaillerie argent.

42 — Broche saphir, barrette, brillant joaillerie or et platine.

43 — Broche-barrette, rubis, brillant joaillerie or et platine.

44 — Broche-barrette, émeraude, brillant joaillerie or et platine.

45 — 3 broches nourrice, avec brillants et pierres variées.

46 — 11 broches-barrettes or, argent, platine et pierres variées.

47 — Broche libellule, corne, émail, brillants et roses.

48 — Broche rose, avec brillants, pétales repercées argent (1,220 brillants blancs pesant : 22 c.; 34 brillants jaunes : 2 c. 43).

BRACELETS

49 — Bracelet fleurettes, rubis, brillants et roses; monture platine.

50 — Bracelet gourmette, joaillerie argent, roses, 3 saphirs, 3 brillants (poids des brillants : 1 c. 53; poids des saphirs : 3 c. 19).

51 — Bracelet forçat, 5 turquoises, 6 brillants (poids des brillants : 2 c. 43).

52 — Bracelet or ciselé, émail, saphir et brillants.

53 — Bracelet, maillons navettes, or, 4 perles, 4 brillants.

54 — Bracelet ruban, perles (203 perles).

55. — Bracelet 6 boules, corail et perles, 12 rondelles roses.

56 — Bracelet chaine caucasienne, or et roses.

57 — Bracelet chaîne forçat, platine (14 perles .

58 — Bracelet, navette acier, joaillerie platine, brillants et roses.

59 — Bracelet chaine caucasienne, 9 brillants (poids : 3 c. 74).

60 — Bracelet 7 maillons or ciselé, émeraude et brillants).

61 — 5 bracelets or mat (pesant : 126 gram., 2 chaines platine, dont 1 avec perle pesant : 12 gram.). — Bracelet cuir, montre en or.

62 — Bracelet fil (49 perles, 58 g^{rs} 56.

63 — 2 bracelets 68 gram. d'or et 1 bracelet grenat et roses.

64 — 4 bracelets or (156 gram.), dont un avec 1 médaille argent.

65 — Bracelet, 5 plaques acier, ciselé, repercé, incrusté d'or fin. Travail exceptionnel.

66 — 8 bracelets, dont 7 en or 201 gram. et bracelet platine (11 gram.).

COLLIERS ET PLAQUES DE COU

67 — Collier corde or, serti de brillants fantaisie (poids des brillants : 57 c. 77).

68 — Collier-collerette, joaillerie platine (8 gros brillants : 4 c. 38); 315 brillants : 12 c. 90, et 363 roses (poids du platine : 60 gram.).

69 — Collier platine, 11 poires corail et perles et 1 pendant corail, et guirlandes avec brillants.

70 — Collier platine, 2 pendants brillants, motifs repercés (poids des brillants : 5 c.).

71 — Collier Louis XVI, 3 plaques or ciselé, émail, perles et brillants, et 1 chaine de cou, perles et or.

72 — Plaque de cou glycine, joaillerie or et argent (poids des brillants : 7 c. 36 et 42 roses .

73 — 13 chaines variées, platine, or et pierres, et 1 pendant panier or et perles.

74 — Collier Campana, or (poids : 170 gram.) et turquoises. Travail d'art.

74 *bis* — Collier Marie-Antoinette, joaillerie argent serti, brillants et roses, 6 roses poires (poids : 5 c. 44) et 1136 brillants (poids : 12 c. 16).

74 *ter* — Collier nœud, lacet joaillerie platine, serti tout brillants (2 gros brillants carrés : 3 c. 52; 1 brillant centre : 1 c. 8; 8 c. tout petits brillants).

PENDANTS

75 — Pendant, 9 poires corail et brillants, joaillerie argent (poids des brillants : 7 c.).

76 — Pendant, gland et chaîne, brillants blancs et fantaisies ; monture platine (poids des brillants blancs : 6 c. 17 ; poids des brillants fantaisie : 19 c.).

77 — Pendant panier fleuri, joaillerie argent : 1 perle poire (poids : 9 g^{rs} 75 : poids des brillants : 2 c.), et 200 roses.

78 — Pendant losange, brillant au centre, et rubis joaillerie platine (1 brillant, poids : 1 c. 66 ; 110 brillants, poids : 3 c. 43.

79 — Pendant forme longue, tout serti brillants, joaillerie platine (poids des brillants : 3 c. 60).

80 — Pendant, poire, rubis et brillants, joaillerie platine (poids du rubis : 4 c. 26).

81 — Pendant ovale, gros brillant au centre, joaillerie platine serti tout brillants (1 brillant, poids : 2 c. 43 : 308 brillants : 3 c. 83).

82 — Pendant Louis XVI joaillerie argent, 1 poire saphir très belle (poids de la poire saphir : 6 c. 72 : 30 brillants (poids : 1 c. 50).

83 — Pendant dragon or, turquoise et émail translucide, brillants et 1 perle poire. Pièce d'art. (Poids, perle poire : 20 g^{rs} 75 : 116 brillants fantaisie, poids : 12 c. 03).

84 — Pendant égyptien or ciselé, turquoise talisman,
4 brillants, 1 perle poire (poids de la perle : 19 g^{rs}).

85 — Croix russe or, émail et brillants.

86 — Disque platine, repercé, perles et roses.

87 — 3 pendants or ciselé, pierres variées (1 broche acier
et rubis). Travail d'art.

88 — Médaillon cœur émail et chaîne (1 camée perle et
roses ; 1 cœur péridot et roses). — 1 médaillon émail.

89 — Collier moire, 3 motifs roses, sertis argent, 1 pendant Louis XVI, poire, corail, joaillerie argent et
79 brillants (poids des brillants : 1 c. 62).

90 — Perle poire pendant, avec chaîne platine (poids de
la perle : 23 g^{rs} 85).

91 — 3 perles d'Amérique, avec leurs chaînes en platine
(poids des perles : 25 g^{rs} 66).

92 — Pendant guirlande, joaillerie platine, serti brillants
et roses (poids des brillants : 8 c.).

93 — Pendant ruban, brillants, joaillerie platine, 1 perle
rose et 2 perles blanches (poids, perle rose : 39 g^{rs} 20 ;
poids des 2 perles blanches : 24 g^{rs} 43 ; poids des
brillants : 2 c. 85).

BAGUES

94 — Bague rubis d'Orient, entourage petits brillants ;
monture platine (poids du rubis : 4 c. 24).

95 — Bague 1 rubis, 1 brillant ; monture platine (poids
du rubis : 2 c. 24 ; poids du brillant : 2 c. 49).

96 — Bague 1 émeraude entre deux brillants ; monture
platine (poids de l'émeraude : 1 c. 40 ; poids des brillants : 0.97 .

97 — Bague saphir, double entourage, brillants ; monture platine poids du saphir : 2 c.)

98 — Bague navette brillants, entourage rubis calibrés
(poids du brillant : 1 c. 66).

99 — Bague 2 brillants croisés (poids des brillants :
3 c. 39).

100 --- Bague 1 perle blanche, entre 2 brillants poids de
la perle : 9 g^{rs} 75 ; poids des brillants : 2 c. 08).

101 — Bague 1 perle grise, entre 2 poires brillants
(poids de la perle : 10 g^{rs} 66 ; poids des brillants :
2 c. 19).

102 — Bague croisée, 1 perle blanche, 1 brillant : monture
platine (poids de la perle : 8 g^{rs} 60 ; poids du brillant :
0.90).

103 — Bague marquise, 1 perle noire, 2 poires brillant,
entourage petits brillants ; monture platine et or,
(poids de la perle : 9 g^{rs} ; poids des 2 poires brillants :
1 c. 08.

104 — Bague croisée, 1 perle blanche, 1 brillant ; monture
platine (poids de la perle : 8 g^{rs} 40 ; poids du brillant :
0.90).

105 — Bague 1 perle blanche, 1 perle grise ; monture or
(poids de la perle blanche : 8 g^{rs} 45 ; poids de la perle
grise : 9 g^{rs}).

106 — Bague forme marquise, 1 navette brillant, entourage rubis calibrés ; monture platine (poids du brillant navette : 1 c. 60).

107 — Bague, 1 turquoise entre 2 poires brillants, monture or (poids des brillants : 2 c. 06).

108 — Bague croisée, 1 brillant, 1 turquoise ; monture
or (poids du brillant : 1 c. 43).

109 — Bague turquoise, entourage 10 brillants et 2 sur
le corps ; monture or, platine (poids des brillants :
2 c. 33).

110 — Bague croisée, perle blanche et brillants, monture
platine (poids de la perle : 8 g^{rs} 40 ; poids 1 brillant :
1 c. 15 ; 12 brillants, poids : 0.23).

111 — Bague forme carrée, 1 perle blanche au centre ;
monture platine.

112 — Bague, 1 brillant blanc navette, 1 brillant jonquille ; monture or et platine (poids brillant blanc :
0.67 ; poids brillant jonquille : 0.80).

113 — Bague, 1 saphir entre 2 brillants (poids du saphir : 1 c. 24 ; poids des brillants : 1 c. 34).

114 — Bague, 1 saphir entre 2 brillants ; monture or et
platine (poids du saphir : 1 c. 40 ; poids des brillants :
1 c. 21).

115 — Bague trèfles brillants, et rubis d'Orient (poids
4 brillants : 1 c. 94 ; poids 4 rubis : 1 c. 98).

116 — Bague croisée brillant, 1 navette blanche, 1 navette
jonquille ; monture or et platine (poids des brillants :
1 c. 21).

117 — Bague marquise, forme à pans résilles, 1 perle et
2 brillants ; monture platine (poids de la perle : 4 g^{rs} 60 ;
poids des brillants : 0.80).

118 — Bague marquise, 5 perles blanches, entourage rubis
et brillants ; monture platine.

119 — Bague croisée, 1 perle blanche, 1 brillant ; monture or et platine (poids de la perle : 4 g^{rs} 35 ; poids
1 brillant : 0.57 ; poids 6 brillants : 0.75).

120 — Bague croisée, 1 rubis, 1 brillant ; monture or et
platine.

121 — Bague marquise Empire, au centre 1 grosse rose,
entourage roses.

122 — Bague résille argent, 1 brillant au centre, entourage petits brillants.

123 — Bague navette, opale, entourage brillants ; bague
perle grise, entre 2 petits brillants.

124 — Bague cœur, opale, entourage brillants (poids des
brillants : 1 c. 40) ; bague marquise, fleurettes brillants ; monture or et argent.

125 — 4 bagues rivière, saphirs, rubis, émeraudes et brillants.

126 — Bague, 1 brillant ; monture platine (poids du brillant : 1 c. 82).

127 — Bague, 1 brillant ; monture platine (poids du brillant : 1 c. 12).

128 — Bague jumelle, 1 perle blanche, 1 perle noire. — Bague croisée, 1 perle et 1 brillant.

129 — Bague corail, 2 entourages brillants. — Bague scarabée Labrador, entourage roses. — Bague opale noire, entourage roses.

130 — Bague marquise à pans, trophée de musique en roses, cadre en brillants.

131 — Bague émeraude, entourage brillants. — Bague trèfle, 3 perles. — Bague, 3 brillants. — Bague tortue, matrice de turquoises.

132 — Lot de 7 bagues variées.

133 — Bague jonc cabochon, émeraude et 2 brillants (poids de l'émeraude : 0.96 ; poids des brillants : 0.76).

134 — Bague jonc, rubis cabochon 3 corps (poids du rubis : 2 c. 91).

135 — Bague or mat, saphir cabochon et 2 brillants (poids du saphir : 2 c. 78 ; poids des brillants : 0.49).

136 — 2 bagues, 3 corps saphir cabochon. — Bague jonc, 3 brillants fantaisie.

137 — Lot 2 bagues, dont 1 jonc saphir et 1 jonc rubis cabochon et 2 brillants.

138 — Lot 20 bagues or et pierres (poids brut : 152 gram.).

BOUTONS DE MANCHETTES

139 — Paire boutons de manchettes platine, brillants et roses, et 2 boutons de chemise.

140 — 3 paires boutons de manchettes, émaux, opales noires et roses.

141 — 5 paires boutons de manchettes, or et pierres variées, et trois boutons de chemise.

142 — 6 paires boutons de manchettes, or, roses et pierres variées.

143 — 8 paires boutons de manchettes, or et pierres variées.

144 — 15 paires solitaires, or et pierres variées (poids brut : 250 gram.).

DIADÈMES, PEIGNES
ÉPINGLES DE CHEVEUX

145 — Lot de 18 pièces en or, roses, brillants et perles.

146 — 2 plumes joaillerie, aluminium, avec 640 brillants et 878 roses (poids des brillants : 32 c. 57).

147 — Broche de nuque, joaillerie argent, 147 brillants (poids des brillants : 3 c. 93).

148 — Broche de nuque, joaillerie platine, 179 brillants (poids des brillants : 1 c. 93).

149 — Broche de nuque double-huit en roses.

150 — Aigrette, six antennes, roses anciennes, sur argent, 149 roses (poids : 14 c. 44).

151 — Diadème ruban et feuillages, joaillerie platine (manque 5 brillants), 248 brillants (poids : 26 c. 58).

152 — Bandeau Louis XVI, feuillages, fleurettes, 414 brillants (poids : 12 c. 08).

ÉPINGLES DE CRAVATE

153 — Épingle de cravate, 1 perle rose ovale (poids : 14 g^{rs} 47).

154 — Épingle de cravate, perle poire noire (poids : 10 g^{rs} 76).

155 — 5 épingles de cravate, dont 4 avec perles et 1 fleur de lys brillant.

156 — 3 épingles de cravate, dont 2 perles et 1 pensée brillant fantaisie.

157 — 3 épingles de cravate, 1 trèfle brillants fantaisie, 1 émeraude et brillants, 1 perle blanche poire (poids, perle blanche poire : 5 g^{rs} 80).

158 — 1 épingle de cravate, 1 perle blanche ronde (poids : 5 g^{rs} 76) ; 1 épingle de cravate, 1 rubis d'Orient, entourage brillants.

159 — 1 épingle de cravate, 1 perle grise ronde (poids : 6 g^{rs} 75) ; 1 épingle de cravate, 1 perle grise poire (poids : 12 g^{rs} 50).

160 — 6 épingles de cravate fantaisie, brillants, rubis et roses.

161 — Lot composé de : 7 épingles de cravate fantaisie pierres et or et de 5 épingles foulard, fantaisie.

162 — Lot composé de : 24 épingles de cravate en or fantaisie et pierres variées.

CHAINES ET SAUTOIRS

163 — Sautoir, 2 chaînes or, brillants et pierres variées : 74 brillants (poids : 15 c. 43) ; or (poids : 45 gram.).

164 — Sautoir platine, 22 perles et 23 brillants fantaisie (poids du platine : 46 gram.).

165 — Sautoir platine, 45 brillants fantaisie (poids des brillants : 19 c. 53 ; poids du platine : 26 gram.)

166 — Sautoir platine, 11 boules améthyste (poids du platine : 80 gram.).

167 — Sautoir maillons spirales or et 45 saphirs (poids des saphirs : 18 c. ; poids de l'or : 55 gram.).

168 — Lot de 10 pièces, composé de : régences en or, chaînes, sautoirs or, chaînes acier, argent et or. Ruban moire, coulant acier et roses.

169 — Chaîne platine avec 6 perles (poids des perles : 16 grains ; poids du platine, 12 gram.). — Chaîne olives platine (poids du platine : 27 gram.).

170 — 3 chaînes platine, dont 2 avec perles (poids du platine : 42 gram.).

171 — Lot de 18 chaînes en or, modèles divers (poids d'or et de platine : 250 gram.), avec perles et roses.

MONTRES

172 — 4 montres de dame or, dont 2 avec émaux.

PORTE-MINES

173 — 13 porte-mines or, platine, pierres diverses (poids approximatif : 140 gram.).

174 — 12 porte-mines, porte-plume or et pierres variées (poids de l'or : 170 gram.).

DIVERS

175 — Lot composé de : 8 flacons, monture or et argent; bonbonnière fer de lance, roses.

176 — Lot composé de : 4 pommes d'ombrelles variées or et pierres; 1 sifflet; 1 dé; 1 tire-bouton; 1 broche de jupe; 1 face à main en écaille incrusté d'or.

177 — Boucle de ceinture Renaissance or ciselé, avec brillants et émeraudes cabochons (poids des brillants : 3 c. 19; poids de 2 émeraudes : 2 c.; poids de l'or : 85 gram.).

178 — Boucle de manteau acier, avec roses et 1 brillant.

179 — Face à main et 1 boucle de ceinture or (poids de l'or : 166 gram.).

180 — Face à main et 1 boucle de ceinture or ciselé, acier et roses (poids de l'or : 133 gram.).

181 — 6 boucles de ceinture or, certaines avec chape en acier (poids de l'or : 330 gram.).

182 — Lot composé de : 1 cachet chinois néphrite et or ; 1 cachet tout or ciselé ; 1 cachet cristal ; 1 cachet boudah, turquoise ancienne, monture or, et 2 porte-or.

183 — 10 coulants de cravate, dont 1 en acier, les 9 autres en or, certains avec pierres.

184 — Lot composé de : 10 objets divers en or, et 1 porte-cartes en argent doré (poids de l'or : 145 gram.).

185 — 2 marques à jouer en bois sculpté, avec ornements en or et émaux. Travail d'art.

186 — Couteau à papier en corne, ornements en or ciselé, à 20 c. (poids de l'or : 222 gram.).

187 — Couteau à papier, ivoire, avec ornements Moyen âge en or et boucle de manteau en or ciselé, style arabe (poids de l'or : 148 gram.).

188 — Nécessaire de fumeur en or (poids de l'or : 275 gram.).

189 — Lot composé de : 1 porte-cigarettes ; 4 briquets ; 2 coupe-cigares en or et 1 briquet en acier, semis de roses (poids de l'or : 245 gram.).

190 — Porte-cigarettes, gravure en taille-douce sur argent, sujet Teniers, décoration ornements or ciselé. Objet d'art.

191 — Lot composé de : 1 boîte à cigarettes, intérieur pour portrait ; 3 boîtes allumettes ; 1 coupe-cigares en or ; 1 fume-cigarettes en ambre, collerette rubis (poids de l'or : 200 gram.).

192 — Lot composé de : 1 boîte-cigarettes — tabatière guillochée or ; 1 briquet émail queue de paon ; 1 boîte à allumettes, décoration Moyen âge (poids de l'or : 197 gram.).

193 — Lot composé de : 21 objets, dont 5 boucles en argent doré ; 1 boucle de manteau hibou argent doré ; 1 hochet argent doré ; 1 petit nécessaire argent doré, contenant 14 épingles perles fines ; 1 boîte à cigarettes ; 1 porte or argent ; 1 boîte allumettes en acier ; 2 boîtes allumettes en or ; 1 étui télescope fumeur or ; 1 coupe-cigares or et acier ; 1 fume-cigarettes, serpent or et ambre ; 3 cachets or et pierres variées ; 1 breloque étrier or ; 1 bracelet ; chaîne-forçat argent avec porte-mines.

194 — Paire de boucles d'oreilles 2 perles (poids : 15 grs 74).

195 — Paire de boucles d'oreilles saphir, entourage brillants (poids des deux saphirs : 3 c. 32 ; poids des 20 brillants : 2 c. 56).

196 — 2 paires de boucles d'oreilles briolettes ; monture platine.

197 — Lot composé de : 1 paire bouton d'oreilles turquoise, entourage brillants ; 5 paires boucles d'oreilles en or ; 1 médaillon, monture platine, entourage de roses double face.

198 — Lot composé de : 15 médaillons or et pierres diverses et 2 croix en or (poids de l'or : 160 gram.).

199 — Lot composé de : 29 pièces, médailles et breloques en or, émail et pierres (poids de l'or : 175 gram.).

200 — Lot composé de : 12 breloques pierres variées ; 4 croix or et perles ; 2 médailles or, perles et émaux ; 1 breloque croix améthyste et roses ; 3 médaillons, dont 2 avec 1/2 perle.

201 — Lot composé de : 28 pièces, dont 2 chapelets or et perles et corail ; 26 médailles et breloques or, émaux et pierres.

202 — 9 boutons de chemise perles blanches, dont trois appairages.

203 — Lot composé de : 18 boutons de chemise or, émail, acier, pierres variées et roses et brillants.

204 — Lot composé de : 88 boutons de chemise or et pierres variées (poids brut : 150 gram.).

205 — Service toilette argent (poids : 8 kilos) ; 2 glaces à main, décoration or et argent.

BRILLANTS, ROSES

PERLES ET PIERRES DE COULEUR

206 — Lot de brillants blancs mêlé (poids : 39 c.).

207 — Lot de brillants blancs mélangé (poids : 11 c. 35).

208 — Lot de brillants petit mêlé (poids : 9 c. 40).

209 — Brillant (1 c. 17).

210 — Lot de petits brillants blancs (poids : 16 c. 45).

211 — Lot de roses mêlé (poids : 13 c. 70).

212 — Lot de petites roses (poids : 9 c. 80).

213 — Lot composé de 30 c. 15, rubis d'Orient et de 6 c. 20 d'émeraudes.

214 — Six saphirs cabochons (poids : 9 c. 40).

215 — Lot de saphirs mélangé (poids : 66 c. 50).

216 — Vingt-deux saphirs taillés (poids : 16 c. 30).

217 — Lot de petites perles blanches (poids : 242 grains), et une épingle perle (poids : 8 grains).

218 — Lot de perles rondes blanches (poids : 284 grains).

219 — Un lot composé de 33 perles (poids : 108 grains), de 11 perles (poids : 37 grains) et d'une perle montée culot avec roses.

220 — 20 œils de chats de Ceylan (poids : 60 carats), dont un serti (poids : 18 carats).

221 — Lot de corail, de pierres diverses, 6 médailles en or et épingles avec perles.

222 — Une veilleuse électrique ; un hibou en bois sculpté, avec incrustations en or, placé sur une boule cristal, gravé avec papillon or et émaux translucides.